魔髮奇緣

漫畫集 ①

新雅文化事業有限公司
www.sunya.com.hk

魔髮奇緣漫畫集 ①

翻　　譯：羅睿琪
責任編輯：潘曉華
美術設計：陳雅琳
出　　版：新雅文化事業有限公司
　　　　　香港英皇道499號北角工業大廈18樓
　　　　　電話：(852) 2138 7998
　　　　　傳真：(852) 2597 4003
　　　　　網址：http://www.sunya.com.hk
　　　　　電郵：marketing@sunya.com.hk
發　　行：香港聯合書刊物流有限公司
　　　　　香港新界大埔汀麗路36號中華商務印刷大廈3字樓
　　　　　電話：(852) 2150 2100
　　　　　傳真：(852) 2407 3062
　　　　　電郵：info@suplogistics.com.hk
印　　刷：中華商務安全印務有限公司
　　　　　香港新界大埔汀麗路36號
版　　次：二〇一八年一月初版

"A Hero's Reputation"
Writer: Scott Peterson
Layouts: Ivan Shavrin
Cleanups: Rosa La Barbera & Monica Catalano
Paints: Ludmila Steblianko, Alesya Baarsukova, Vita Efremova, & Anna Beliashova

"Guarding Against Adventure", "Princess Cassandra", "Wet Hair", "Greetings", "Hair Today" and "Lost"
Writer: Scott Peterson
Layouts: Diogo Saito
Cleanup and Ink: Rosa La Barbera
Paints: Vita Efremova, & Ekaterina Myshalov

"Taking the Cake"
Writer: Liz Marsham
Layouts: Eduard Petrovich
Cleanup and Ink: Rosa La Barbera
Paints: Vita Efremova, & Ekaterina Myshalova

"Hair Raising"
Writer: Scott Peterson
Layouts: Arianna Rea
Cleanup and Ink: Rosa La Barbera
Paints: Vita Efremova, & Ekaterina Myshalova

ISBN: 978-962-08-6918-1
Published by Sun Ya Publications (HK) Ltd.
18/F, North Point Industrial Building,
499 King's Road, Hong Kong
Published and printed in Hong Kong.

目錄

✿ 新生活的開始 ✿

樂佩是一個開朗活潑的女孩，天生擁有一把帶有魔力的金髮，如果剪掉了，便會失去魔力變成棕色。

自從樂佩在大盜阿占的幫助下，逃出了嘉芙夫人囚禁她的高塔，她終於回到日冕國的城堡，與失散多年的父王與母后重聚。而且，她原本在救阿占時而剪掉的長髮突然重新長出來，從棕色短髮再次變回金色長髮……

這本書會帶你回到樂佩和阿占結婚之前的時間，看看樂佩除了忙於學習怎樣做一位稱職的公主外，也繼續她驚險刺激的生活……

英雄的名譽

我承認，我的長髮重新長出來令我有點不自在，但我也得告訴你，這頭長髮有時真的很方便，特別是在這一天裏……

真是太令人興奮了！我從沒觀賞過馬上比武錦標賽。

哦，你會迷上這個比賽的，參賽者都很出色。

我本來想親自下場比賽，不過我今年想讓其他人有機會獲勝。

阿占，你真會為人設想呀。

嘿，我就是這種人嘛。

8

9

幸好其他參賽者截停了特拉法加，並令牠冷靜下來。

嘩！一天被救兩次，阿占有自己的保鏢了。

你還好嗎，阿占？

國王陛下？你在這裏做什麼？哎，我是說，我很好，謝謝你。

我想確認一下所有人是否都安好。謝天謝地，還好你在這裏，樂佩。

對呀，陛下說得對。

你真的這樣想？那我應該怎麼做？任由你被那匹馬踩扁？

不是，但我⋯⋯

這真是太尷尬了。

什麼？

我再次成為那個需要人拯救的弱者，而且是在國王面前，更別說在卡瑟拉面前丟臉了！

如果你這麼擔心自己的面子，也許我不應留在你身邊讓你難堪了。

咔嚓

14

16

救命呀！
救命呀！

不要害怕，姑娘，我快來了！

阿占！

樂佩，等一等！

咔啦！

21

不要！樂佩！

嘩！

哎呀！

喔噢⋯⋯

23

完

不准冒險

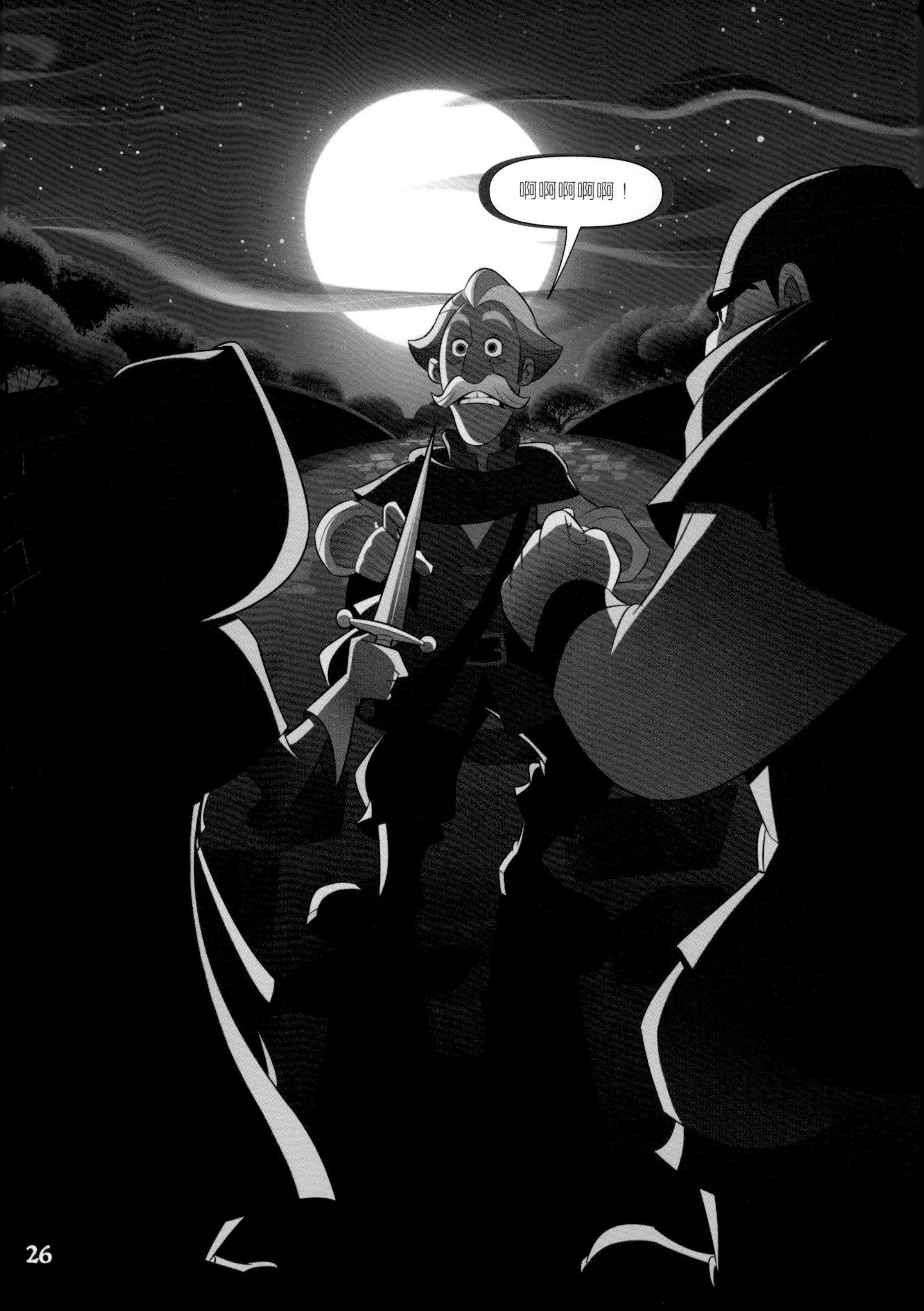

27

這些劫匪簡直無法無天啊，陛下。

他們會襲擊任何一個離開村莊範圍的人。人們都不敢在天黑後外出了。

不能任由這種事情繼續發生。我要派遣武裝巡邏隊找出這些劫匪，繩之於法。

還有，在這些卑劣的劫匪落網前，為了我國人民的安全⋯⋯

我特此宣布，禁止在日落後離開村莊。

什麼？

29

史坦，他們有多少人？十個？二十個？

兩個人。一個大塊頭和一個小個子。

如此大費周章，就是為了兩個劫匪？你應該不曾看見我如此嚴陣以待地對付區區兩個惡棍。

什麼事？你看見他們了嗎？

哎呀！

呃，嗯，呀……

要是國王知道他的女兒來到這裏讓自己身陷險境，一定會大發雷霆。

你看見那些劫匪了嗎？

呃，不是。那是一隻浣熊。超巨大的，就像一頭大熊。嘩呀。

32

33

不行。我是説，對，你説得沒錯，我同意。

我不能袖手旁觀，任由這些劫匪威脅日冕國。

但眼前的情況與這些事無關，而是關乎你的父親。還有史坦。

你現在惹上大麻煩了。你必須離開這裏。

不行。

因為那些劫匪，所有人都被困在室內，就像囚犯一樣。

對我來説，我的自由就是我的一切，我會竭盡所能去維護我的自由。

我會讓線索帶領我前進。

我明白，我真的明白。不過你還有一整個王國的地方去尋找那些劫匪啊。

你何不到其他地方搜索？即是去沒有我和史坦的地方？

好極了。

37

38

我看起來怎樣？

你想我認真回答，還是想要一個符合皇室禮儀的答案？

我今天要為醜小鴨酒吧的朋友們擔任才藝表演評審員！

樂佩？

是父王！

你還好嗎？

好得不得了！

那麼二十分鐘後見吧。

我做不到啊！

待會兒見！

我還準備到外面散散步呢。

43

45

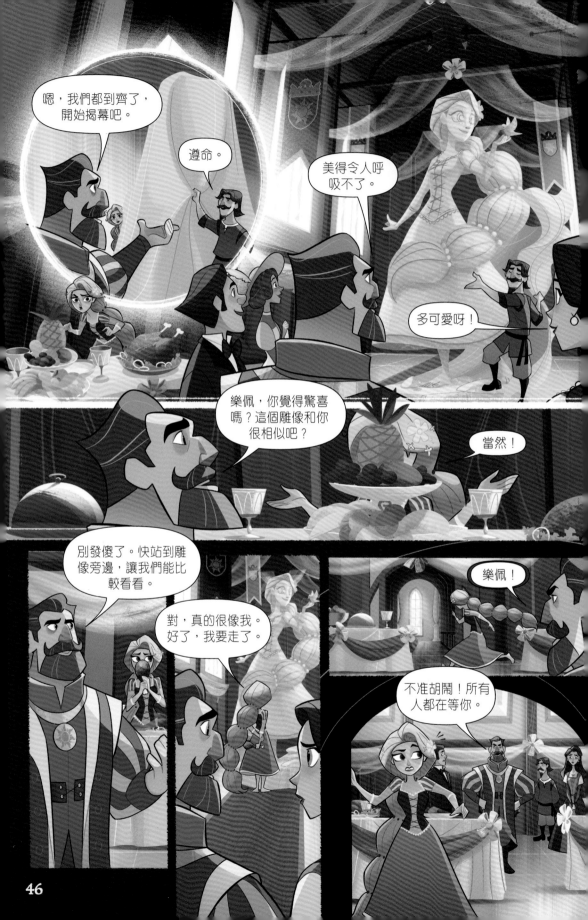

嗯，我們都到齊了，開始揭幕吧。

遵命。

美得令人呼吸不了。

多可愛呀！

樂佩，你覺得驚喜嗎？這個雕像和你很相似吧？

當然！

別發傻了。快站到雕像旁邊，讓我們能比較看看。

對，真的很像我。好了，我要走了。

樂佩！

不准胡鬧！所有人都在等你。

46

51

52

53

55

56

數分鐘後……

亂髮危機處理貼士4：小心矮小的門口！

好吧，我走了。祝我好運……

哎吔

也許先暫時專心走路和說話吧……

一分鐘後……

真的有這必要嗎？

亂髮危機處理貼士5：直奔目標！

走到陽台上，走到陽台上。

陽台就在那裏……

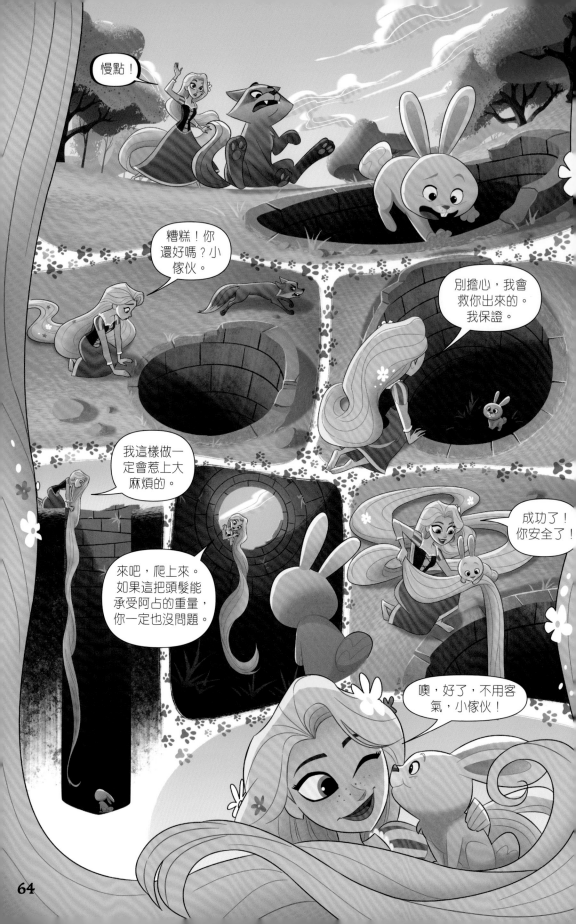

熱情的問候

我想我永遠沒法說清楚這座城堡裏的人有多友善。

♪

嗨,你好嗎?

噢,真高興你來問候我。今天我起牀時為迎來新一天而興奮不已,但阿占說他有事要立即告訴我,令我以為有什麼事出錯了。

原來他只是想去騎馬,我鬆了一口氣,然後我們真的去了騎馬,我非常開心。今天真是太峯迴路轉了!你呢?

嗯嗯⋯⋯

是嗎?我的意思是是啊!沒錯,我知道。我當然知道。

那就好了。好啦我要走了。

阿占!我剛遇上了世上最友善的女子。

我要走了。

好吧,那麼再見了!祝你有美好的一天。

哦,關於那件事⋯⋯其實當人們說「你好嗎」的時候,那只是打招呼。

他們不是真的想要巨細無遺地知道你當天的生活。

我的馬兒正等着我。待會兒見啦,金髮美人兒!

66

我做得到的。我可以保持冷靜和矜持。

你今天過得好嗎，公主殿下？

很好，謝謝你。

你好嗎？

你好呀。

哈囉，樂佩。你好嗎？

嗯嗯。

不，說真的。你今天過得怎樣？

你也許想要坐下來吧。

總而言之，事情是在我起牀時發生的，阿占說他要馬上和我談談……

哦，感謝上天，我沒法再忍受了。不能和別人交往，隱藏內心的感受，這些都令我難受極了。

完

嗨，金髮美人兒。有空一起去騎馬嗎？

噢，阿占，我也很想去，不過我今天太忙了。

我要出席一個簽署公告的場合，要和外國貴賓見面，還要主持一項皇家剪綵儀式。

真是非常重要的工作呀，那些綵帶不會自行了斷的。

我們要走了，樂佩。你要和皇家裁縫討論在交流會上穿戴的服飾，而且國王和王后也在王座室等你……

好的，好的，我準備好……

迷路記

嗯，我今天發現了我的頭髮有另一種用途。

它能讓我避免在這個巨大的城堡中迷路。

我不習慣身處有超過三個房間的地方……

更別說有超過三百個房間的地方了！

因此只要我在身後留下一些痕跡，顯示我曾經到過哪兒……

我總能夠找到回去的路。

樂佩！

嘩！